RÉGIME

ALIMENTAIRE

DES

HOSPICES CIVI[LS]

DE PARIS.

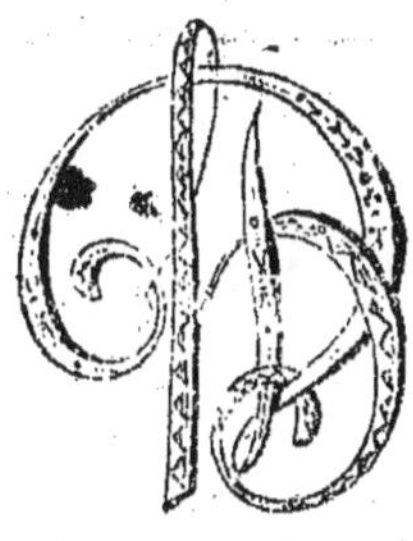

A PARIS,

DE L'IMPRIMERIE DE MADAME HUZARD

(née VALLAT LA CHAPELLE),

Rue de l'Éperon-Saint-André-des-Arts, N°. 7.

MARS 1817.

CONSEIL GÉNÉRAL

D'ADMINISTRATION DES HOSPICES,

HOPITAUX ET SECOURS

DE LA VILLE DE PARIS.

SÉANCE du 9 juillet 1806.

LE CONSEIL GÉNÉRAL,

Vu l'Arrêté du Ministre de l'Intérieur, du 30 frimaire an 14, relatif à la mise en activité du nouveau système métrique dans les opérations administratives des Hospices ; et sur le rapport de sa Commission, chargée de lui présenter les Régimes des Hospices et Hôpitaux de la ville de Paris, d'après les règles et principes de ce système ;

ARRÊTE :

1 *

ARTICLE PREMIER.

RÉGIME

DES

EMPLOYÉS, GENS DE SERVICE, etc.

Il y a dans chaque Hospice un Régime gras et un Régime maigre : le Régime gras a lieu les cinq premiers jours de la semaine, et le Régime maigre, les deux derniers, ainsi que les jours des Quatre-Temps.

Le Régime Alimentaire des Employés dans les Hospices est divisé en 5 Réfectoires : chaque personne reçoit les distributions de l'un des 5 Réfectoires, suivant l'emploi qu'elle occupe ou le genre de son service, ainsi qu'il suit; Savoir :

PREMIER RÉFECTOIRE.

Agens de Surveillance, Économes, Chapepelains, Sous-Directrices et Maîtresses Sages-Femmes.

Il est délivré par jour, à chacun des personnes de ce Réfectoire :

PAIN.

Aux Hommes, 84 décagrammes.
Aux Femmes, 72 décagrammes.

VIN.

Aux Hommes, 1 litre.
Aux Femmes, 5o centilitres.

DISTRIBUTION DES ALIMENS.

JOURS GRAS.

A Déjeúner.

25 Centilitres de lait, ou 6 décagr. de fromage,
ou 6 decagram. de raisiné, ou 12 décagram.
de pruneaux crus, ou l'équivalent en fruit,
suivant la saison.

A Dîner.

1 Soupe grasse de 5o centilitres de bouillon.
13 Décagrammes de viande bouillie et désossée,
provenant de 25 décagrammes de viande crue.
16 Décagrammes de viande en ragoût ou rotie,
provenant de 25 décagrammes de viande crue.

A Souper.

16 Décagrammes de viande rôtie, provenant de 25
décagrammes de viande crue.
2 Décilitres de légumes secs, crus, ou 36 décagr.
de légumes frais, cuits, ou 7 décagr. de riz, ou
l'équivalent en fruit, suivant la saison.

JOURS MAIGRES.

A Déjeûner.

(De même qu'au régime gras.)

A Dîner.

1 Soupe maigre de 5o centilitres.
2 Décilitres de légumes secs, crus, ou 36 décagr. de légumes frais, cuits, ou 7 décagr. de riz.
2 Harengs, ou 25 décagrammes de morue, ou d'autre poisson , quand le prix de ces objets n'excède pas celui de la morue, porté à 6o centimes les 5o décagrammes.

A Souper.

2 Décilitres de légumes secs, crus, ou 36 décagr. de légumes frais cuits , ou 4 décagr. de riz.
3 OEufs, ou 9 décagram. de fromage, ou 12 de raisiné, ou 15 de pruneaux crus, ou l'équivalent en fruit, suivant la saison.

DEUXIÈME RÉFECTOIRE.

Élèves Internes, en Médecine, Chirurgie et Pharmacie ; Employés des bureaux ; Instituteurs ; Piqueurs des bâtimens ; Chefs d'ateliers ; Surveillans et Surveillantes ; et Reposans de même classe.

IL est délivré, par jour, à chacune des personnes de ce Réfectoire :

PAIN.

Aux Hommes, 84 décagrammes.
Aux Femmes, 72 décagrammes.

VIN.

Aux Hommes, 1 litre.
Aux Femmes, 50 centilitres.

DISTIBUTION DES ALIMENS.

JOURS GRAS.

A Déjeûner.

25 Centilitres de lait, ou 4 décagram. de fromage,
ou 6 décagram. de raisiné, ou 12 décagrammes
de pruneaux crus, ou l'équivalent en fruit, suivant la saison.

A Dîner.

1 Soupe grasse de 50 centilitres de bouillon.
13 Décagrammes de viande bouillie et désossée,
provenant de 25 décagrammes de viande crue.
16 Décagrammes de viande en ragoût ou rôtie,
provenant de 25 décagrammes de viande crue.

A Souper.

16 Décagrammes de viande rôtie, provenant de
25 décagrammes de viande crue.
1 Décilitre de légumes secs, crus, ou 18 décagr.
de légumes frais, cuits, ou 4 décagr. de riz, ou
l'équivalent en fruit, suivant la saison.

JOURS MAIGRES.

A Déjeûner.

(De même qu'au régime gras.)

A Dîner.

1 Soupe maigre de 5o centilitres de bouillon.
2 Décilitres de légumes secs, crus, ou 56 décagr.
de légumes frais, cuits, ou 7 décagr. de riz.
2 Harengs, ou 25 décagrammes de morue, ou
d'autre poisson, quand le prix de ces objets n'excède pas celui de la morue, porté à 6o centimes
les 5o décagrammes.

A Souper.

2 Décilitres de légumes secs, crus, ou 36 décag.
de légumes frais, cuits, ou 7 décagr. de riz.
2 OEufs, ou 6 décagrammes de fromage, ou 9 de
raisiné, ou 12 de pruneaux crus, ou l'équivalent en fruit, suivant la saison.

TROISIÈME RÉFECTOIRE.

*Sous-Surveillans et Sous-Surveillantes ;
Reposans et Reposantes de même classe.*

IL est délivré, par jour, à chacune des personnes
de ce Réfectoire :

PAIN.

Aux Hommes, 84 décagrammes.
Aux Femmes, 72   *idem.*

VIN.

Aux Hommes, 50 centilitres.
Aux Femmes, 37   *idem.*

DISTRIBUTION DES ALIMENS.

JOURS GRAS.

A Déjeûner.

25 Centilitres de lait, ou 4 décagr. de fromage,
ou 6 *id.* de raisiné, ou 9 *id.* de pruneaux crus,
ou l'équivalent en fruit, suivant la saison.

A Dîner.

1 Soupe grasse de 5o centilitres de bouillon.
18 Décagrammes de viande bouillie et désossée,
provenant de 36 décagrammes de viande crue.

A Souper.

8 Décagrammes de viande rôtie ou en ragoût,
provenant de 12 décagrammes de viande crue.
1 Décilitre de légumes secs, crus, ou 18 décagr.
de légumes frais, cuits, ou 4 décagr. de riz.

JOURS MAIGRES.

A Déjeûner.

(Comme au régime des jours gras.)

A Dîner.

1 Soupe maigre de 5o centilitres de bouillon.
2 Décilitres de légumes secs, crus, ou 36 décagr.
de légumes frais, cuits, ou 7 décagr. de riz.
1 Hareng, ou 4 décagrammes de fromage.

A Souper.

2 Décilitres de légumes secs, crus, ou 36 décagr.
de légumes frais, cuits, ou 7 décagr. de riz.
4 Décagrammes de fromage, ou 6 *id.* de raisiné,
ou 9 *id.* de pruneaux crus.

QUATRIÈME RÉFECTOIRE.

Gens de service des deux sexes ;
Reposans et Reposantes de même classe.

IL est délivré, par jour, à chacune des personnes
de ce Réfectoire :

PAIN.

Aux Hommes, 84 décagrammes.
Aux Femmes, 72   *idem.*

VIN.

Aux Hommes, 50 centilitres.
Aux Femmes , 33 *idem.*

Aux Hospices de Bicêtre et de la Salpêtrière :

PAIN.

Aux Hommes, 66 décagrammes.
Aux Femmes , 54   *idem.*

VIN.

25 Centilitres.

DISTRIBUTION DES ALIMENS.

JOURS GRAS.

A Déjeûner.

6 Décagrammes de fromage, ou 9 *id.* de raisiné
ou 12 *id.* de pruneaux crus.

A Dîner.

1 Soupe grasse de 50 centilitres de bouillon.
18 Décagrammes de viande bouillie et désossée,
provenant de 36 décagr. de viande crue.

A Souper.

1 Décilitre $\frac{1}{2}$ de légumes secs, crus, ou 27 décagr.
de légumes frais, cuits, ou 6 décagr. de riz.

JOURS MAIGRES.

A Déjeûner.

(De même qu'aux jours gras.)

A Dîner.

1 Soupe maigre de 50 centilitres de bouillon.
2 Décilitres de légumes secs, crus, ou 36 décagr.
de légumes frais, cuits, ou 6 décagr. de riz.
1 Hareng, ou 4 décagrammes de fromage.

A Souper.

1 Décilitre de légumes secs, crus, ou 18 décagr. de légumes frais, cuits, ou 4 décagr. de riz.

6 Décagrammes de fromage, ou 9 *id.* de raisiné, ou 12 *id.* de pruneaux crus, ou l'équivalent en fruit, suivant la saison.

CINQUIÈME RÉFECTOIRE.

Ouvriers, Hommes de peine et Cuisinier.

IL est délivré, par jour, à chacune des personnes de ce Réfectoire :

PAIN.

84 Décagrammes.

VIN.

Aux Ouvriers, Hommes de peine et Cuisinier, 75 centilitres.

Le Cuisinier reçoit un supplément de 25 centilitres.

DISTRIBUTION DES ALIMENS.

JOURS GRAS.

A Dîner.

1 Soupe grasse de 50 centilitres de bouillon.

13 Décagrammes de viande bouillie et désossée, provenant de 25 décagrammes de viande crue.

16 Décagrammes de viande rôtie, provenant de 25 décagrammes de viande crue.

A Souper.

8 Décagrammes de viande rôtie , provenant de 12 décagrammes de viande crue.

2 Décilitres de légumes secs, crus, ou 36 décagr. de légumes frais, cuits, ou 7 décagr. de riz, ou 12 décagr. de pruneaux crus, ou 9 *id.* de raisiné, ou 9 *id.* de fromage.

JOURS MAIGRES.

A Dîner.

1 Soupe maigre de 50 centilitres de bouillon.

3 Décilitres de légumes secs, crus, ou 54 décagr. de légumes frais, cuits, ou 7 décagr. de riz.

2 Harengs ou 6 décagrammes de fromage.

A Souper.

3 OEufs, ou 2 décilitres de légumes secs, crus, ou 36 décagrammes de légumes frais, cuits, ou 7 décagrammes de riz.

6 Décagrammes de fromage, ou 9 décagrammes de raisiné, ou 12 décagrammes de pruneaux crus, ou l'équivalent en salade. etc.

ASSAISONNEMENT

DES ALIMENS GRAS ET MAIGRES.

LE bouillon des Employés, de toutes classes, est le même que celui des Indigens valides et malades ; il est fait dans *une seule* marmite. Sur la portion de viande accordée, chaque jour, aux employés, il est prélevé 25 décagrammes de viande crue pour la marmite générale : pour ces 25 décag., il leur est rendu 13 décagr. de viande bouillie et désossée.

Il est mis dans la marmite 60 centilitres d'eau par 25 décagrammes de viande ; cette quantité d'eau est réduite à 50 centilitres par l'ébullition.

Par 100 kilogrammes de viande crue, il est mis dans la marmite générale 10 kilog. de différentes plantes potagères, épluchées, et 3 kilog. de sel.

Pour parer le bouillon, il est employé un caramel fait avec de la mélasse, à raison de 8 décag. par 100 kilog. de viande crue.

Le potage maigre est assaisonné de la manière suivante :

Pour 100 soupes, il est mis dans la marmite

générale, 3 kilog. de différentes plantes potagères, épluchées; 2 kilog. de beurre ou 1 kilog. et demi de graisse, 1 kilog. de sel, 12 grammes de poivre, et 4 litres de légumes secs en purée.

Il est mis dans la marmite 60 centilitres d'eau, pour chaque soupe, et cette quantité est réduite à 50 centilitres par l'ébullition.

La graisse provenant des marmites, des os mis en gélatine et des rôtis, est employée préférablement au beurre, pour l'assaisonnement des soupes et des légumes.

Le produit moyen des graisses, n'ôtant de la marmite que la graisse nuisible à la qualité du bouillon, est d'un kilog. environ pour 50 kilog. de viande crue.

Les légumes secs, avant leur cuisson, trempent 24 heures dans l'eau de rivière.

20 litres de légumes secs sont assaisonnés avec 2 kilog. de beurre ou 1 kilog. et demi de graisse, 1 kilog. 6 décag. de sel, et 12 gramm. de poivre; ils sont rendus plus sapides par un roux, composé avec 33 décag. de beurre, 24 décag. de farine, et 24 décag. d'ognons, pour les 20 litres. Ces préparations achevées, ces 20 litres sont saupoudrés avec 24 décag. de ciboule et de persil hachés.

Toutes les fois que le prix des légumes frais et leur assaisonnement n'excède pas celui des légumes secs, les Économes les donnent de préférence, et les assaisonnent avec les quantités fixées ci-dessus, en proportion du nombre de rations.

La portion de salade, pour chaque indigent, est au moins de 16 décagrammes. Pour 150 portions, il est accordé 1 kilog. d'huile d'œillet, 1 litre de vinaigre à l'ail, et 50 décag. de sel.

Le beurre, les légumes, etc., pour l'assaisonnement de la viande en ragoût et du poisson, sont employés suivant les besoins ; la dépense en est approuvée tous les mois par le Membre de la Commission spécialement chargé de l'Hospice.

ARTICLE II.

~~~~~~~~~~~~~~~~~~~~~~~~~~~~~~~~~~

RÉGIME DES HOSPICES.

Les Pensionnaires et les Indigens, dans les Hospices, reçoivent par jour; Savoir:

MAISON DE RETRAITE,

A MONTROUGE.

―――――――――――――――――――――――

RÉGIME DES PENSIONNAIRES.

―――――――――

PAIN.

Aux Hommes, 60 décagrammes de blanc.
Aux Femmes , 56   *idem.*

VIN.

Aux Hommes, 50 centilitres.
Aux Femmes , 40   *idem.*
~~~~~~~~~~~~~~~~~~~~~~~~~~~~~~~~~~

ALIMENS.

***

JOURS GRAS.

***

A Dîner.

1 Soupe de 50 centilitres de bouillon.

15 Décagrammes de viande cuite et désossée, aux Hommes, provenant de 30 décagr. de viande crue.

15 décagrammes de viande cuite et désossée, aux Femmes, provenant de 30 décagr. de viande crue.

A Souper.

1 Décilitre de légumes secs, crus, ou 18 décagr. de légumes frais, cuits, ou 2 œufs, ou 4 décagr. de riz.

4 Décagrammes de fromage, ou 6 décagrammes de pruneaux crus, ou 5 décagrammes de raisiné, ou l'équivalent en fruit, suivant la saison.

JOURS MAIGRES.

***

A Dîner.

1 Soupe de 50 centilitres de bouillon.

3 Décilitres de légumes secs, crus, ou 54 décagr. de légumes frais, cuits, ou 7 décagramm. de riz, ou du poisson dans la proportion de la valeur de la portion de légumes secs, crus.

A Souper.

(Comme les jours gras.)

HOSPICE DES MÉNAGES.

PRÉAU.

DISTRIBUTION AUX INDIGENS.

PAIN.

Aux Hommes, 60 décag. de blanc, par personne
et par jour.

Aux Femmes, 56   *idem.*

VIANDE.

50 Décagrammes par personne, tous les dix jours.

BOIS.

2 Stères par année à chaque personne, délivrés
en quatre fois.

CHARBON.

8 Hectol. par an, pour un ménage, et quatre hect.
aux personnes veuves des deux sexes.

PAYE EN ARGENT.

30 Centimes par jour et par personne.

DORTOIRS.

PAIN.

Aux Hommes, 60 décagram. de blanc.
Aux Femmes, 56 *idem.*

VIN.

Aux Hommes, 40 centilitres.
Aux Femmes, 30 *idem.*

ALIMENS.

JOURS GRAS.

A Dîner.

1 Soupe de 50 centilitres de bouillon.
15 Décagram. de viande cuite et désossée, provenant de 30 décagrammes de viande crue.

A Souper.

1 Décilitre de légumes secs, crus, ou 18 décagr.
de légumes frais, cuits, ou 4 décagr. de riz, ou
2 œufs.
4 Décagr. de fromage, ou 6 *id.* de pruneaux crus,
ou 5 *id.* de raisiné, ou l'équivalent en fruit, suivant la saison.

JOURS MAIGRES.

————————

A Dîner.

1 Soupe de 5o centilitres de bouillon.
2 Décilitres de légumes secs, crus, ou 36 décagr.
de légumes frais, cuits, ou 7 décagr. de riz,
ou du poisson, dans la proportion de la valeur
de la portion de légumes secs, crus.

A Souper.

(Comme les jours gras.)

————————

HOSPICE DE BICÊTRE.

RÉGIME DES INDIGENS.

PAIN.

Indigens valides. . . . 60 décagrammes de blanc.
Fous et Épileptiques. . un supplément de 24 décagr.

VIN.

Aux Indigens valides. . . . . 12 centilitres.
Il est accordé les supplémens suivans :
Aux Indigens âgés de 70 à 80 ans. . 12 centilitres.
de 80 à 85 ans. . 24 *idem.*
de 85 à 100 ans. . 38 *idem.*

ALIMENS.

JOURS GRAS.

A Dîner.

1 Soupe de 50 centilitres de bouillon.
13 Décagrammes de viande cuite et désossée,
provenant de 25 décagrammes de viande crue.

2 Décagrammes de plus aux Fous et Epileptiques,
provenant de 5 décagrammes de viande crue,
accordés en supplément.

A Souper.

1 Décilitre de légumes secs, crus, ou 18 décagr.
de légumes frais, cuits, ou 4 décagr. de riz.
4 Décagrammes de fromage, ou 6 décagrammes
de pruneaux crus, ou 5 *id.* de raisiné, ou
l'équivalent en fruit, suivant la saison.

JOURS MAIGRES.

A Dîner.

1 Soupe de 50 centilitres de bouillon.
1 Décilitre de légumes secs, crus, ou 36 décagr.
de légumes frais, cuits, ou 7 décagr. de riz.

A Souper.

(Comme les jours gras.)

HOSPICE DE LA SALPÊTRIÈRE.

RÉGIME DES INDIGENTES.

PAIN.

Indigentes valides. 56 décagrammes de blanc.
Folles.......... un supplément de 16 *id.*

VIN.

Aux Indigentes valides............ 12 centilitres.
Il est accordé les supplémens suivans :
Aux Indigentes âgées de 75 à 80 ans.. 12 centilitr.
         de 80 à 85 ans.. 24 *idem.*
         de 85 à 100 ans., 38 *idem.*

ALIMENS.

JOURS GRAS.

A Dîner.

1 Soupe de 50 centilitres de bouillon.
13 Décagrammes de viande cuite et désossée,
provenant de 25 décagr. de viande crue.

A Souper.

1 Décilitre de légumes secs, crus, ou 18 décagr.
de légumes frais, cuits, ou 4 décagr. de riz.

4 Décagrammes de fromage, ou 6 *id.* de pruneaux
crus, ou 5 *id.* de raisiné, ou l'équivalent en
fruit, suivant la saison.

JOURS MAIGRES.

A Dîner.

1 Soupe de 50 centilitres de bouillon.

2 Décilitres de légumes secs, crus, ou 36 décagr.
de légumes frais, cuits, ou 7 décagr. de riz.

A Souper.

(Comme les jours gras.)

HOSPICE
DES INCURABLES-HOMMES.

RÉGIME DES INDIGENS.

PAIN.

60 Décagrammes de blanc.

VIN.

40 Centilitres.

ALIMENS.

JOURS GRAS.

A Dîner.

1 Soupe de 50 centilitres de bouillon.
15 Décagrammes de viande cuite et désossée, provenant de 30 décagrammes de viande crue.

A Souper.

1 Décilitre de légumes secs, crus, ou 18 décagr. de légumes frais, cuits, ou 4 décagr. de riz, ou 2 œufs.

4 Décagrammes de fromage, ou 6 décagrammes de pruneaux crus ou 9 *id.* de raisiné.

JOURS MAIGRES.

A Dîner.

1 Soupe de 50 centilitres de bouillon.

1 Décilitre de légumes secs, crus, ou 36 décagr. de légumes frais, cuits, ou 7 décagr. de riz, ou du poisson, dans la proportion de la valeur de la portion de légumes secs, crus.

A Souper.

(Comme les jours gras.)

ENFANS.

Même régime qu'aux Orphelins.

HOSPICE
DES INCURABLES-FEMMES.

RÉGIME DES INDIGENTES.

PAIN.

56 Décagrammes de blanc.

VIN.

3o Centilitres.

ALIMENS.

JOURS GRAS.

A Dîner.

1 Soupe de 5o centilitres de bouillon.
15 Décagrammes de viande cuite et désossée, provenant de 3o décagrammes de viande crue.

A Souper.

1 Décilitre de légumes secs, crus, ou 18 décagr. de légumes frais, cuits, ou 2 œufs, ou 4 décagr. de riz.

4 Décagr. de fromage, 6 *id.* de pruneaux crus, 5 *id.* de raisiné.

JOURS MAIGRES.

A Dîner.

1 Soupe de 50 centilitres de bouillon.

2 Décilitres de légumes secs, crus, ou 56 décagr. de légumes frais, cuits, ou 7 décagr. de riz, ou du poisson, dans la proportion de la valeur de la portion de légumes secs, crus.

A Souper.

(Comme les jours gras.)

ENFANS.

Même régime qu'aux Orphelines.

HOSPICE
DES ORPHELINS ET ORPHELINES.

RÉGIME DES ENFANS.

PAIN.

60 Décagrammes de bis, et 6 de blanc pour soupe aux Garçons.

56 Décagrammes de bis, et 6 de blanc pour soupe aux Filles.

VIN.

1 Décilitre tous les Dimanches.

ALIMENS.

JOURS GRAS.

A Dîner.

1 Soupe de 48 centilitres de bouillon.

10 Décagrammes de viande cuite et désossée, provenant de 18 décagrammes de viande crue.

A Souper.

1 Décilitre ¼ de légumes secs, crus, ou 24 décagr. de légumes frais cuits , ou 4 décagr. de fromage , ou 4 décagr. de riz , ou 9 décagr. de pruneaux crus , ou raisiné , ou 1 œuf et 12 décagr. d'herbes cuites , ou de la salade.

Il est donné quatre fois par semaine un souper chaud.

JOURS MAIGRES.

A Dîner.

1 Soupe de 48 centilitres de bouillon.
1 Décilitre de légumes secs, crus, ou 18 décagr. de légumes frais , cuits , ou 6 décagr. de riz.

A Souper.

(Comme les jours gras.)

INSTITUTION
DE SAINTE-PÉRINE.

Les alimens gras et maigres, accordés par le quatrième réfectoire aux Gens de service des deux sexes, sont toujours servis sur les tables des Pensionnaires, excepté ceux qui sont ordinairement donnés pour dessert.

Il y a pour les Pensionnaires un régime gras, un régime gras et maigre, et un régime maigre.

Le régime gras est donné les dimanches, lundis, mardis et jeudis.

Le régime gras et maigre est donné les mercredis et samedis.

Le régime maigre est donné le vendredi.

PAIN.

60 Décagrammes de pain blanc, aux hommes.
56 Décagrammes de pain blanc, aux femmes.

3 *

VIN.

1 Litre aux Hommes.
50 Centilitres aux Femmes.

RÉGIME GRAS.

A Dîner.

1 Soupe de 50 centilitres.
13 Décagrammes de viande bouillie, provenant de 25 décagrammes de viande crue.
13 Décagrammes de viande en ragoût, ou rôtie au four ou en casserole, provenant de 18 décagr. de viande crue.

A Souper.

1 Décilitre de légumes secs, crus, ou 18 décagr. de légumes frais, cuits, ou 16 décagr. de salade.
4 Décagrammes de fromage, ou 9 décagr. de pruneaux, ou 9 décagramm. de raisiné, ou du fruit dans la proportion de la valeur de la portion de fromage.

Le dimanche, la ration de légumes secs ou frais est remplacée par 13 décagr. de viande rôtie, provenant de 18 décagr. de viande crue.

RÉGIME GRAS ET MAIGRE.

A Dîner.

1 Soupe de 5o centilitres.

13 Décagrammes de viande bouillie, provenant de 25 décagrammes de viande crue.

18 Décagrammes de légumes frais, cuits, garnis de 7 décagrammes de charcuterie.

A Souper.

1 Décilitre de légumes secs, crus, ou 18 décagr. de légumes frais, cuits, ou 4 décagr. de riz au lait, ou 16 décagrammes de salade.

4 Décagrammes de fromage, ou 9 décagr. de pruneaux, ou 9 décagr. de raisiné, ou du fruit dans la proportion de la valeur de la portion de fromage.

RÉGIME MAIGRE.

A Dîner.

1 Soupe de 5o centilitres.

1 Décilitre de légumes secs, crus, ou 18 décagr. de légumes frais, cuits.

2 Œufs et demi, ou du poisson dans la proportion de la valeur des œufs.

A Souper.

1 Décilitre de légumes secs, crus, ou 18 décagr.
de légumes frais cuits, ou 4 décagr. de riz au
lait, ou 16 décagrammes de salade.

4 Décagrammes de fromage, ou 9 décagr. de
pruneaux, ou 9 décagr. de raisiné, ou du fruit
dans la proportion de la valeur de la portion de
fromage.

ARTICLE III.

RÉGIME

DES INFIRMERIES DES HOSPICES.

Il y a journellement dans chaque Hospice un Régime gras et un Régime maigre pour l'infirmerie.

Les alimens, pour la journée entière des malades, sont fixés par Portion Entière, Trois-Quarts de Portion, Demi-Portion, Quart de Portion, Soupe, Bouillon ou Diète.

Il est mis dans la marmite générale 25 décagrammes de viande crue, par chaque malade, soit au régime gras, soit au régime maigre ; il est prélevé sur la pesée générale de la viande une quantité de mouton ou de veau suffisante pour être distribuée aux malades auxquels les médecins jugent à propos de prescrire une côtelette ou un morceau de rôti.

La viande bouillie qui se trouve en excédant, après la distribution, est reportée à la cuisine générale, pour entrer le lendemain dans la distribution à faire aux Indigens valides.

Le lait, le vermicelle, le riz et la bouillie, sont servis aux malades au régime maigre, suivant les quantités prescrites par le cahier de visite des Officiers de santé.

Les quantités d'œufs prescrites aux malades leur sont distribuées en omelette ou sur le plat, lorsque les médecins le jugent convenable.

Le vin est distribué aux malades suivant les quantités déterminées par le présent arrêté et celles prescrites au cahier de visite des Officiers de santé. Un malade au quart de portion de pain, de viande, etc., peut être mis à la portion entière de vin ; de même celui à la portion entière de pain, de viande, etc., peut n'être mis qu'à une partie de la portion de vin, ou cette boisson lui être absolument défendue.

La Portion comprend, pour les vingt-quatre heures; Savoir :

VIN.

MALADES.

Portion entière.
50 Centilitres.
Demi - Portion.
25 Centilitres.

3 Quarts de Portion.
36 Centilitres.
Q. de Portion ou Soupe.
12 Centilitres.

ENFANS.

Portion entière.
20 Centilitres.
Demi - Portion.
10 Centilitres.

3 Quarts de Portion.
15 Centilitres.
Q. de Portion ou Soupe.
5 Centilitres.

INFIRMERIES DES HOSPICES.

RÉGIME GRAS.

PORTION ENTIÈRE.

60 Décagrammes de pain blanc aux Hommes.

48 Décagrammes *idem* aux Femmes.

12 Décagrammes aux deux sexes pour soupe, ou 6 décagrammes de riz ou de vermicelle.

2 Soupes de 25 centilitres de bouillon chaque.

25 Décagrammes de viande cuite et désossée.

1 Décilitre de légumes secs, crus, ou 18 décagr. de légumes frais, cuits, ou 6 décagrammes de pruneaux crus, ou 6 *id.* de raisiné.

TROIS-QUARTS DE PORTION.

45 Décagrammes de pain blanc aux Hommes.

36 Décagrammes *idem* aux Femmes.

12 Décagrammes aux deux sexes pour soupe, ou 6 décagrammes de riz ou de vermicelle.

2 Soupes de 25 centilitres de bouillon chaque.

18 Décagrammes de viande cuite et désossée.

7 Centilitres de légumes secs, crus, ou 6 décagr. de légumes frais, cuits, ou 4 décagrammes de pruneaux crus, ou 4 *id.* de raisiné.

DEMI-PORTION.

30 Décagrammes de pain blanc aux Hommes.

24 Décagrammes *idem* aux Femmes.

12 Décagrammes aux deux sexes pour soupe, ou 6 décagrammes de riz ou de vermicelle.

2 Soupes de 25 centilitres de bouillon chaque, et deux bouillons de 25 centilitres chaque.

2 Décagrammes de viande cuite et désossée.

15 Centilitres de légumes secs, crus, ou 4 décagr. de légumes frais, cuits, ou 3 décagrammes de pruneaux crus, ou 3 *id.* de raisiné.

QUART DE PORTION.

13 Décagrammes de pain blanc aux Hommes.

12 Décagrammes *idem* aux Femmes.

12 Décagrammes aux deux sexes pour soupe, ou 6 décagrammes de riz ou de vermicelle.

2 Soupes de 25 centilitres de bouillon chaque, et 3 bouillons de 25 centilitres chaque.

6 Décagrammes de viande cuite et désossée.

2 Centilitres de légumes secs, crus, ou 2 décagr. de légumes frais, cuits, ou 2 décagrammes de pruneaux crus, ou 1 *id.* de raisiné.

Soupes.

11 Décagrammes de pain, ou 6 *id.* de riz ou de vermicelle.

2 Soupes de 25 centilitres de bouillon, chacune, et 3 bouillons de 25 centilitres chaque.

DIÈTE.

6 Bouillons de 25 centilitres chaque.

RÉGIME MAIGRE.

PORTION ENTIÈRE.

60 Décagrammes de pain blanc aux Hommes.
48 Décagrammes   *idem*   aux Femmes.

12 Décagrammes aux deux sexes pour soupes, ou 6 décagrammes de riz ou de vermicelle.

2 Soupes maigres ou grasses.

2 Décilitres de légumes secs, crus, ou 36 décagr. de légumes frais, cuits, ou 3 œufs, ou 25 décagr. d'herbes cuites et 2 œufs, de la poule, ou du poisson dans la proportion de la valeur de la portion de légumes secs, crus.

6 Décagrammes de pruneaux crus, ou 6 *id.* de raisiné, ou l'équivalent en fruit, suivant la saison.

TROIS-QUARTS DE PORTION.

45 Décagrammes de pain blanc aux Hommes.

36 Décagrammes *idem* aux Femmes.

12 Décagrammes aux deux sexes pour soupe, ou 6 décagrammes de riz ou de vermicelle.

2 Soupes maigres ou grasses.

1 Décilitre ½ de légumes secs, crus, ou 27 décagr. de légumes frais, cuits, ou 2 œufs, ou 18 décagr. d'herbes cuites et 1 œuf, de la poule, ou du poisson dans la proportion de la valeur de la portion de légumes secs, crus.

4 Décagrammes de pruneaux crus, ou 4 *id.* de raisiné.

DEMI-PORTION.

30 Décagrammes de pain blanc aux Hommes.

24 Décagrammes *idem* aux Femmes.

12 Décagrammes aux deux sexes pour soupe, ou 6 décagrammes de riz ou de vermicelle.

2 Soupes et 2 bouillons maigres ou gras.

1 Décilitre de légumes secs, crus, ou 18 décagr. de légumes frais, cuits, ou 12 décagr. d'herbes

cuites et 1 œuf, de la poule, ou du poisson dans la proportion de la valeur de la portion des légumes secs, crus.

3 Décagr. de pruneaux crus, ou 3 *id.* de raisiné.

QUART DE PORTION.

15 Décagrammes de pain blanc aux Hommes.

12 Décagrammes *idem* aux Femmes.

12 Décagrammes aux deux sexes pour soupe, ou 6 décagrammes de riz ou de vermicelle.

2 Soupes et 3 bouillons gras ou maigres.

5 Centilitres de légumes secs, crus, ou 9 décagr. de légumes frais, cuits, ou 1 œuf, de la poule, ou du poisson dans la proportion de la valeur de la portion de légumes secs, crus.

2 Décagr. de pruneaux crus, ou 1 *id.* de raisiné.

Le Vice-Président,

Signé DELESSERT.

Le Secrétaire général de l'Administration,

Signé MAISON.

Vu et approuvé par le Conseiller d'État Préfet de la Seine,

Signé FROCHOT.